DANNY SUMMER

GO WEST

02

第一集提要：

四師徒退休多年在天宮享福⋯⋯
下面污煙瘴氣，外星妖魔兒⋯⋯
不絕，凡人不知就裏利慾薰⋯⋯
禍，佛祖下令要重回凡間幫⋯⋯
尋找失蹤 75 年的二郎神。

己經不問世事，但是凡間
坙背後操縱不但戰禍綿綿
心。世人將面臨毀滅災
功世人清除妖孽，並順道

目錄
Contents

老番國今日已經變成一個搶掠世界，貧富懸殊太緊要………

....欺負亞洲人愈趨嚴重，所以提醒一下師傅出入一定要一眼關七，咁呢一架車走動冇咁惹人注目。

一個星期前........

咦，老祖呢度啲天氣都幾怪喎，尋晚我哋返嚟就落雪而家就落雨。

song recommand: Rhythm of the Rain (The Cascades) 1962

* 洪堡郡 Humboldt County 位於加州海岸北面, 離三藩市約270英里 .

大家都想行動時用番自己啲裝備,黃眉老祖已經通知咗天宮速遞部門去佢哋屋企搜集並即時空投。

天宮速遞已經見到你哋,正確座標 N1420、S6307 請調較可以發放,OVER !!

天宮速遞收到,請問係唔係賢仔?公司會計部想你通知你老細連埋舊年條數已經爆燈,快啲找數,OVER !!

八戒：老祖，咁快起程？住多幾日得唔得啊？我幾鍾意呢度，落雪又靚
　　　我哋上面又冇雪落！...... 又冇賭場!!
老祖：Simon ......
八戒：Simon ?? ....係喎，我英文名喎！
老祖：賭場仲靚都有，係嘞，呢度老番地方，記住自己個英文名呀。

黑鬼財：老細我班咗架改裝
　　　　旅遊車，有埋廁所
　　　　一車過搞掂。

姓　　　名： 陳玄奘 aka 唐三藏
天庭稱號： 唐僧
年　　　齡： 大約1,200歲
出生日期： 唐朝
婚姻狀況： 單身
職　　　業： 唸經
對上任務： 往印度「天竺」取西經 (MISSION COMPLETED)
生活狀況： 在天庭退休食長糧

凡間新任務工具

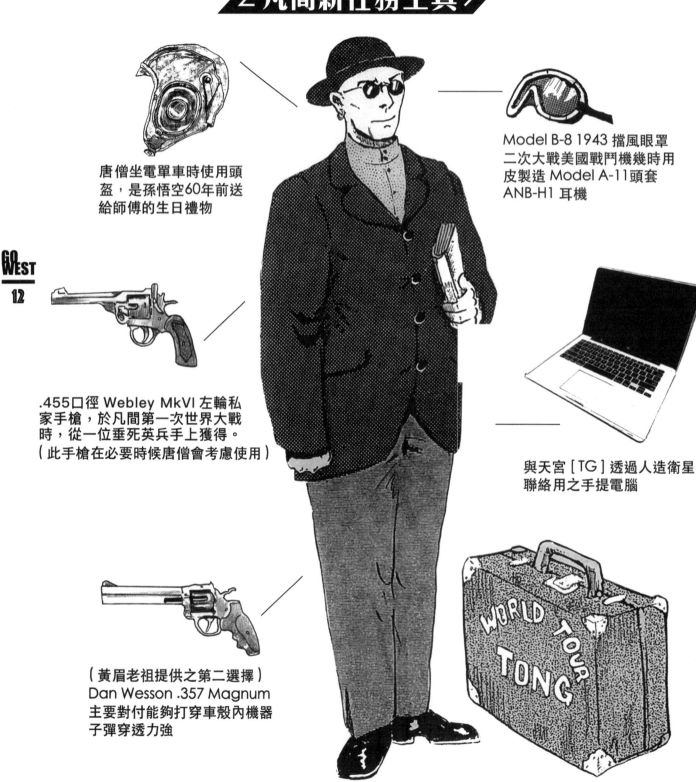

Model B-8 1943 擋風眼罩
二次大戰美國戰鬥機幾時用
皮製造 Model A-11頭套
ANB-H1 耳機

唐僧坐電單車時使用頭
盔,是孫悟空60年前送
給師傅的生日禮物

.455口徑 Webley MkVI 左輪私
家手槍,於凡間第一次世界大戰
時,從一位垂死英兵手上獲得。
(此手槍在必要時候唐僧會考慮使用)

與天宮 [TG] 透過人造衛星
聯絡用之手提電腦

(黃眉老祖提供之第二選擇)
Dan Wesson .357 Magnum
主要對付能夠打穿車殼內機器
子彈穿透力強

WORLD TOUR TONG

姓　　名：　　孫行者
天庭稱號：　　悟空
年　　齡：　　不詳
出身日期：　　不詳
婚姻狀況：　　一妻兩女
職　　業：　　退休保鏢
對上任務：　　保護唐僧取經（MISSION COMPLETED）
現時狀況：　　護主有功晉升為「戰鬥勝佛」與妻女共聚天倫亦好多
　　　　　　　時落凡間學嘢兼 shopping，1972 年認識李小龍之
　　　　　　　後武藝大進，亦開始探討凡人哲理，不過火爆起上嚟
　　　　　　　仍然一錘打爆你個頭

∠凡間新任務工具ㄣ

金睛火眼因年紀問題對焦
不準，有時要用夜視器

鈦合金全面部
遮蓋頭盔

西遊
——
13

悟空雖然不大喜歡用槍械，但
由黃眉老祖推薦俾個面都要用
M4 Cabine 而較喜歡用的是
AKS-74U Submachine gun

悟空隨身武器金剛棒
之〔一分為四〕變身
而成的「金剛雙節棍」

姓　　　名： 沙僧
天庭稱號： 悟淨
年　　　齡： 不詳
出生日期： 不詳
性　　　別： 男
婚姻狀況： 秘密
職　　　業： 退休保鏢
對上任務： 保護唐僧取經 (MISSION COMPLETED)

現時狀況： 仍掛名「捲簾大將」但為了執筆寫書經
　　　　　常到凡間，曾被困於1939年德軍入侵
　　　　　波蘭早期，其後脫險，亦在期間愛上
　　　　　了二戰時德軍裝備，曾經於越戰時長
　　　　　時間停留，期間執筆《煩間》一書。

∠凡間新任務工具⊐

二次大戰德軍 M42 頭盔(私人收藏品)
可抵擋.45口徑手槍子彈面罩

改自拆炸彈兵之
防彈保護背心

AK47 攻擊步槍子彈改為
5.45x39 與孫悟空之AKS-74U
口徑一致

1996年沙僧目睹過南斯拉夫內戰，
期間對狙擊槍發生興趣，由黃眉老
祖提供 .338 Lapua Magnum口徑
長距離狙擊槍 L96

姓　　名: 豬八戒
天庭稱號: 悟能
年　　齡: 不詳
出生日期: 不詳
性　　別: 豬公
婚姻狀況: 三妻四妾，仔女以「打」計
職　　業: 退休保鏢兼管家
對上任務: 服侍唐僧並護駕上路取經（MISSION COMPLETED）
現時狀況: 因護主有功晉升為原職「天蓬元帥」
　　　　　深居簡出怕老婆，在天庭豬欄共聚天倫

∠凡間新任務工具⇁

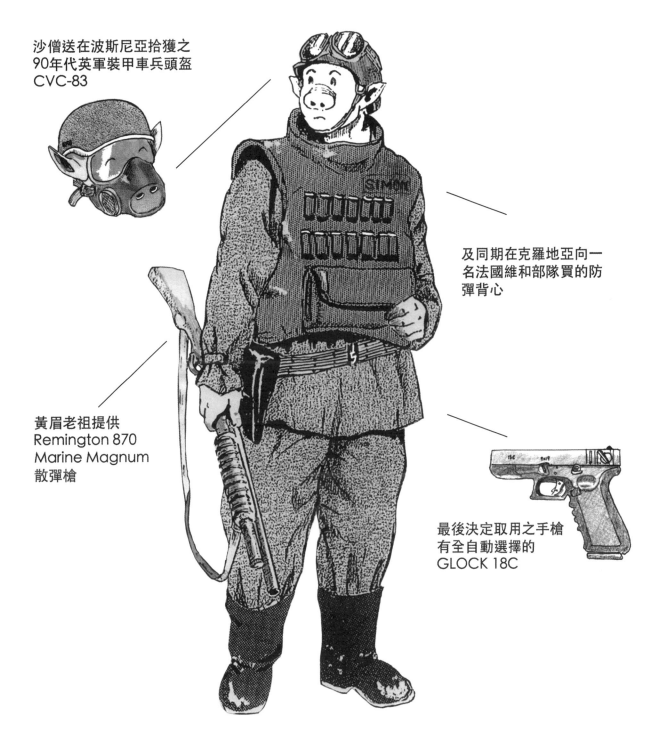

沙僧送在波斯尼亞拾獲之
90年代英軍裝甲車兵頭盔
CVC-83

及同期在克羅地亞向一
名法國維和部隊買的防
彈背心

黃眉老祖提供
Remington 870
Marine Magnum
散彈槍

最後決定取用之手槍
有全自動選擇的
GLOCK 18C

Chapter 1

在途上
On the Road

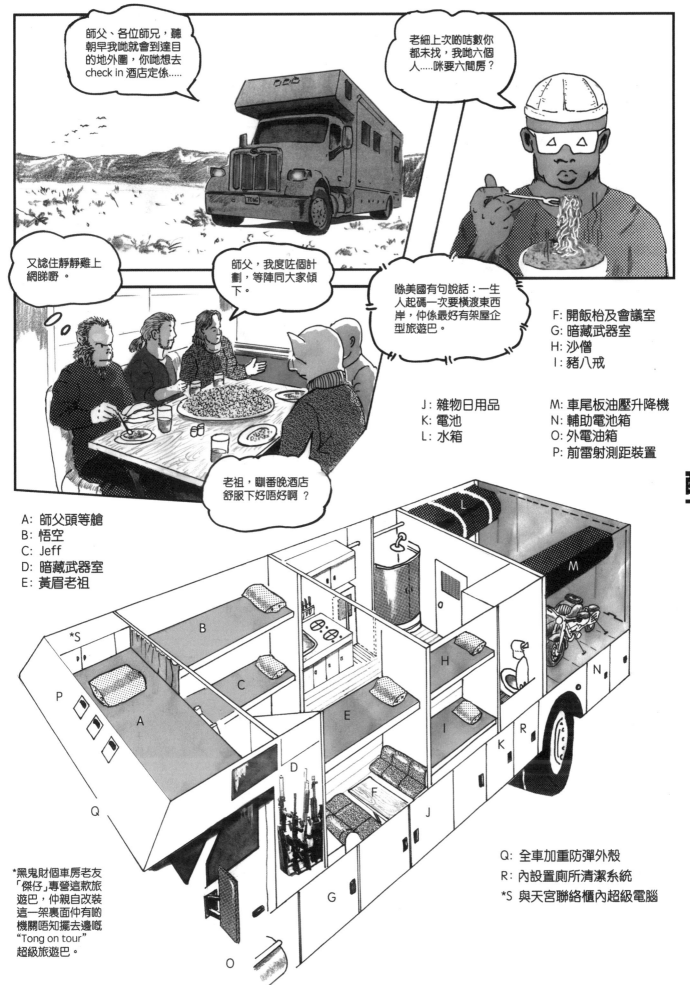

註* Jesus Christ Superstar (Universal Pictures) 1973

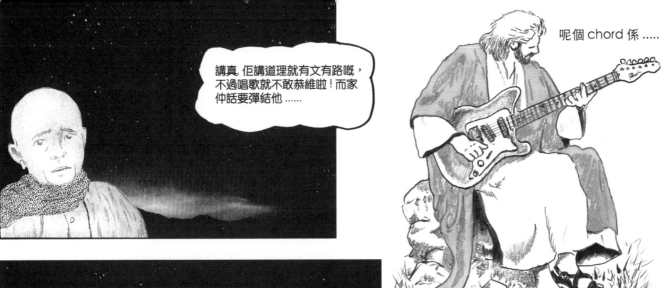

呢個 chord 係 .....

講真, 佢講道理就有文有路嘅,
不過唱歌就不敢恭維啦！而家
仲話要彈結他 ......

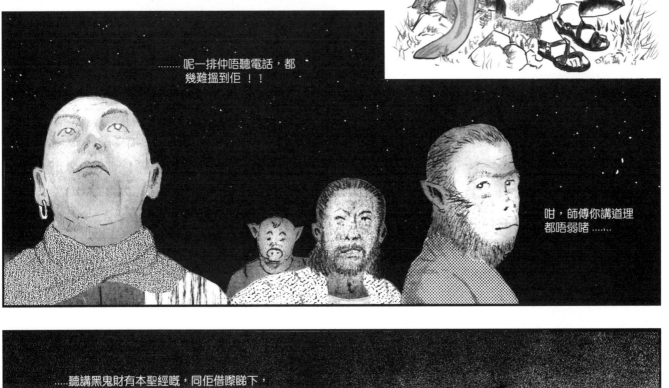

.... 呢一排仲唔聽電話, 都
幾難搵到佢 ！！

咁, 師傅你講道理
都唔弱啫 ......

.....聽講黑鬼財有本聖經嘅, 同佢借嚟睇下,
聖經都係講故仔嘅啫, 師傅你得嘅！！

好啦, 大家早
啲瞓, 聽日要
做嘢啦。

師傅你有無
字典呀？！

enjoy the
bible,
good night

早知都係攞本字典......

ZZZ.....ZZZ

死嘞，裏面啲字咁鬼深！又唔衰得........

Ted Neeley

耶穌想搵我夾band !? 係真唔係呀，我都就嚟80歲有多，依家先至搵我好似遲咗啲喎 !!

* Ted Neeley (Born September 20,1943
          Ranger, Texas, USA
* Musician, Singer, Actor, Composer
* 在 '萬世巨星' Jesus Christ Surpuerstar 電影裏面飾演耶穌.
* 至今(2022)仍在該歌劇中扮演耶穌一角 巡迴世界演出, 被視為最相似耶穌的凡人 兼唱功利害.

耶穌自從喺戲院聽到佢唱呢首 Gethsemane (I only want to say) 就提及過想搵佢做隊 band 主音歌手

The Original Motion Picture Sound Track Album
JESUS CHRIST SUPERSTAR

佢仲話如果有一日喺天堂出唱片，叫我做佢經理人幫佢打入亞洲市場...... 講咁易咩！

THE BIBLE II

咁，俾支槍我陀吓得掛，細細地都無所謂，占士邦嗰一支我都「殺」!!

老細睇過晒啦，冇問題，隨時可以出發，不過架車都好大食，你夠唔夠錢入油㗎!

兩架電單車都綁好晒啦，大家上車，下午飯前我哋會到。

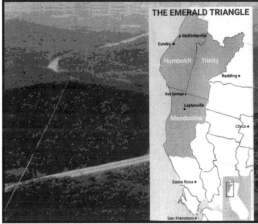

THE EMERALD TRIANGLE

McKinleyville
Eureka
Humboldt　Trinity
Redding
Bell Springs
Laytonville
Mendocino
Chico
Santa Rosa
San Francisco

懷疑二郎神喺呢度出現嘅線報係地主公放出來嘅，個線人講嘅嗰地主公因為英文唔好，聽到頭聽唔到尾！總之、呢個地方係極少有中國人出現的，可能係咁就有少少火花料出嚟。

喂、喂、
我隻鞋呀!!

師兄，我都估唔到第一日
就遇到呢啲嘢，係 ..... 我
都諗唔到應該點 !!

不過師兄呢一捶 ......
我哋就曝咗光，睇怕
我哋都要加快腳步。

今日我哋都係唔好周
圍去嘞，返去度度下
一步點樣行。

三日後 ‧ ‧ ‧ ‧

老祖，我已經通知咗天宮會計部匯咗啲錢俾你戶口，今日停車場要交租了，你都順便買啲食物返嚟。

師傅真係通情達理，唔知道匯咗幾多呢呵！！

同我買返對鞋 .....

老細，嗰日個餐廳老闆打嚟話有尋人消息喎!!

Hello... Hello，嗰日真係唔好意思 ..... 有消息話我哋知？好、等等我開咗個喇叭大家聽先

我係呢度做生意咁多年，都八卦過好多消息，你地要搵嘅人仲喺唔喺到就唔知，不過我係聽過露宿者講過⋯⋯

.....我哋餐廳每逢星期一都會派發啲食剩物資俾佢哋，都聽過佢哋提及過一個同類但係個亞洲人！

.....係美國周圍遊蕩嘅露宿者多不勝數，不過就好少見有黃種人，仲有、聽講人叫佢個名 Elon，除咗 Tesla 老細都好少人有呢個名！

* 註：山上邊最大幫毒梟 Doobie Brothers

聽日我哋唔係扮青蜂俠，着乜鬼嘢制服吖，我同你要着到好似佢哋咁樣……仲有，帶定多啲.45子彈，其他嘢你知道我哋個計劃點做啦！

知道!!
goodnight
Boss

師傅咁多年都係大慈大悲……唉、現今凡間啲人已經唔係行呢套！冇辦法啦，佢就係喺上面生活，我哋喺下邊先至知！

ZZ ZZ ZZZZZ

LOOOM……

唐僧: 報告佛祖，我哋已經喺Humboldt呢度鎖定了二郎神蹤跡，聽日我哋就會上山去搵佢，最後、請叫人記得幫我入咪錶！唔該晒……Over

唐僧都算喺凡間見過大場面，有時自己個心都好矛盾，尤其早幾日差啲俾人拆祠堂！我佛慈悲，但係凡人不是！

黑鬼財就仲未瞓，按照老細聽日嘅計劃執定要用嘅嘢，檢查妥當、尤其老細吩咐要帶多啲.45子彈，睇嚟老細一定係會炒大鑊！

沙僧從來不多說話比較冷靜，其實沙僧為咗寫佢本凡間見聞書曾經走遍好多地方，經歷不少......

...... 大家四師徒雖然好 Friend，不過有啲嘢你唔問、佢就冇講俾你知，就好似佢送俾豬八戒嘅頭盔同避彈衣嘅來源！

ROOOM

今晚行雷閃電落緊大雨，沙僧輾轉反側令佢想返起1992年經過內戰中的南斯拉夫......

同樣在大雨聲音中*薩拉熱窩的聯合國
法國維和部隊，無奈地看着塞爾維亞
狙擊手隨意射殺平民

沙僧是中國人在內戰亂到飛起的初期
四處走動採訪都冇問題，同時亦都認
識咗一個記者朋友……

…… 比利時人法國籍的戰地記者
**Yves Debay，在巴爾幹半島
戰事中走遍各混戰國家報道不少
各處亂況、種族清洗慘劇例如
1995年 "斯雷布雷尼察" 大
屠殺 [Srebrenica Massacre]

西遊

45

沙僧識佢果陣時未曾有互聯網絡，所以呢場自「鐵托」Josip Broz Tito
1980年去世後南斯拉夫四分五裂，打到飛起！就算聯合國維和部隊進
駐都當你冇到，好多呢啲資訊都係 Yves 教佢，仲攞到一件法國兵避彈
衣俾沙僧添。

* 註：在巴爾幹半島的波斯尼亞首都最大的城市
** 註：出生於比屬剛果，1975年入伍 比利時軍隊更成為坦克車隊長，70s後期在轉向僱傭兵活動
　　　時服役於「羅得西亞裝甲車團」Rhodesian Armoured Car Regiment，1987年取得法
　　　國國籍之後轉為戰地記者。

NATO's Kosovo Special Response Force

Yves Debay

Yves 的國籍身份當然比較容易接近法國維和隊,有一次跟佢落去科索沃見到裝甲車兵頂頭盔好鍾意......

...... 覺得豬八戒最啱用,於是透過 Yves 同一個法國裝甲車士兵靜靜雞買咗返嚟!

自從沙僧將本見聞錄書名改為「煩間」之後,就越嚟越煩!因為未總括結論都可以睇到凡間的而且確係好「煩」人,紛爭不停似乎永無寧日。

當然佢唔會知道沙僧係仙人,出生入'死'對沙僧冇乜影響,但係佢哋就分分鐘......

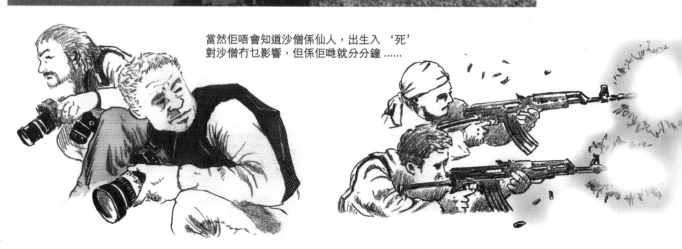

喺佢哋任務之前快速聽歌學英文嘅時候，佢哋聽過一首歌以為南加州真係唔會落雨嘅！* 梗係唔係啦！！

唐僧經過咁多個世紀觀察，睇過咁多書發覺凡人似乎比外星人更複雜，菩薩同佢老友耶穌講過咁多警世肺腑之言，凡人都仲係睬你都傻！

師傅，拍硬檔到我哋未呀？

咦，師兄點解你會有麵食嘅？！

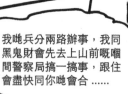

嗱，我想同大家講呢次嘅附帶任務係上山搵二郎神，雖然上面三山五嶽，記住我哋係上嚟搵人，唔係上嚟打仗所以唔好亂嚟！

我哋兵分兩路辦事，我同黑鬼財會先去上山前嘅嗰間警察局搞一搞，跟住會盡快同你哋會合……

我呢一招應該可以分散到上面班友仔注意力！

* 註： "It Never Rains in Southern California" by Albert Hammond 1972

* Vamos = Let's Go

Chapter 2

謀殺山脈
The Murder Mountain

好，黑鬼財就喺呢度郁佢！

個喇叭有幾大聲放幾大聲，十分鐘之內我哋鏟平佢！！

好
Lock & Load

老細，我睇停車場應該無人！

嗱，我射上面你射下面……上！！

西遊
57

Holy shit....!!
老細、好頂癮 ！ 射多一陣好唔好呀 ？
睇怕都夠啦 ！ 仲有啊，又唔帶返隻牙叫咗你唔好笑。
好收檔，快啲去同佢地會合，上車走人！
Boss，I think they are leaving，what to do now ??
Do、do乜嘢吖 ！ 同我出去捉佢哋 ！ ！
開車 !!

西遊
67

二郎、二郎你失蹤咗幾十年，你未婚妻都投訴
佢話再唔返嚟就改嫁!!
咦，前面有兩條友仔阻住條路，好似有槍喎！
呢兩個梗係佢哋話嘅天文台！師傅、等我上先兩下就搞掂佢。
吓，又等陣！！有槍大晒咩，我哋又夠有囉！
師傅，小嘍囉兩隻唔使咁快搞大鑊，等我上！
等陣！冷靜啲悟空，等老祖上去搞掂佢。

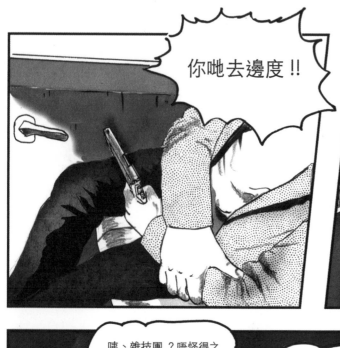

你哋去邊度！！

我哋係唐氏播道雜技團上來講耶穌同埋娛賓嘅

咦、雜技團？唔怪得之又扮豬扮馬騮，咁你畫花塊面扮小丑？幾時有得睇？

係呀，我就負責扮戆居嘅！我哋召集人齊在教堂就會表演，應該係今晚。

OK, no problem！！咁快啲去教堂，唔好周圍去啦....使唔使買飛架？

咁唔該你通知周圍啲兄弟我哋初到貴境，通融一下俾我哋快啲去到教堂 set up 下啲音響。

哦、唔使買飛，我哋係 Elon 富豪集團贊助嘅免費架！你大佬得閒叫埋佢嚟睇啦！！

我細個好鍾意睇馬戲團、雜技團架！又有馬騮戲睇......嚟，影番張相留念下先，大家笑下啦！！1..2..3....

Chapter 3

吓！原來……
Oh！It is……

....記住呢次我哋係突擊行動，唔可以打草驚蛇行動代號：
"Rock & Roll"

大家呢次出動唔使響警號 ....!!

洪堡郡山上面啲毒梟擁有天然的堡壘就係密麻麻嘅樹林 .....

兼且周圍有天文台狗仔隊，仲有派埋片！多年來相安無事以為理所當然!!

計劃 B 要引啲差人上嚟初步已經成功，佢哋而家靜靜雞嚟緊嘅時候，師傅喺教堂裏面正在講到口沫橫飛 ......

EooEooE

*提議背景音樂: Rhapsody On A Theme Of Paganini

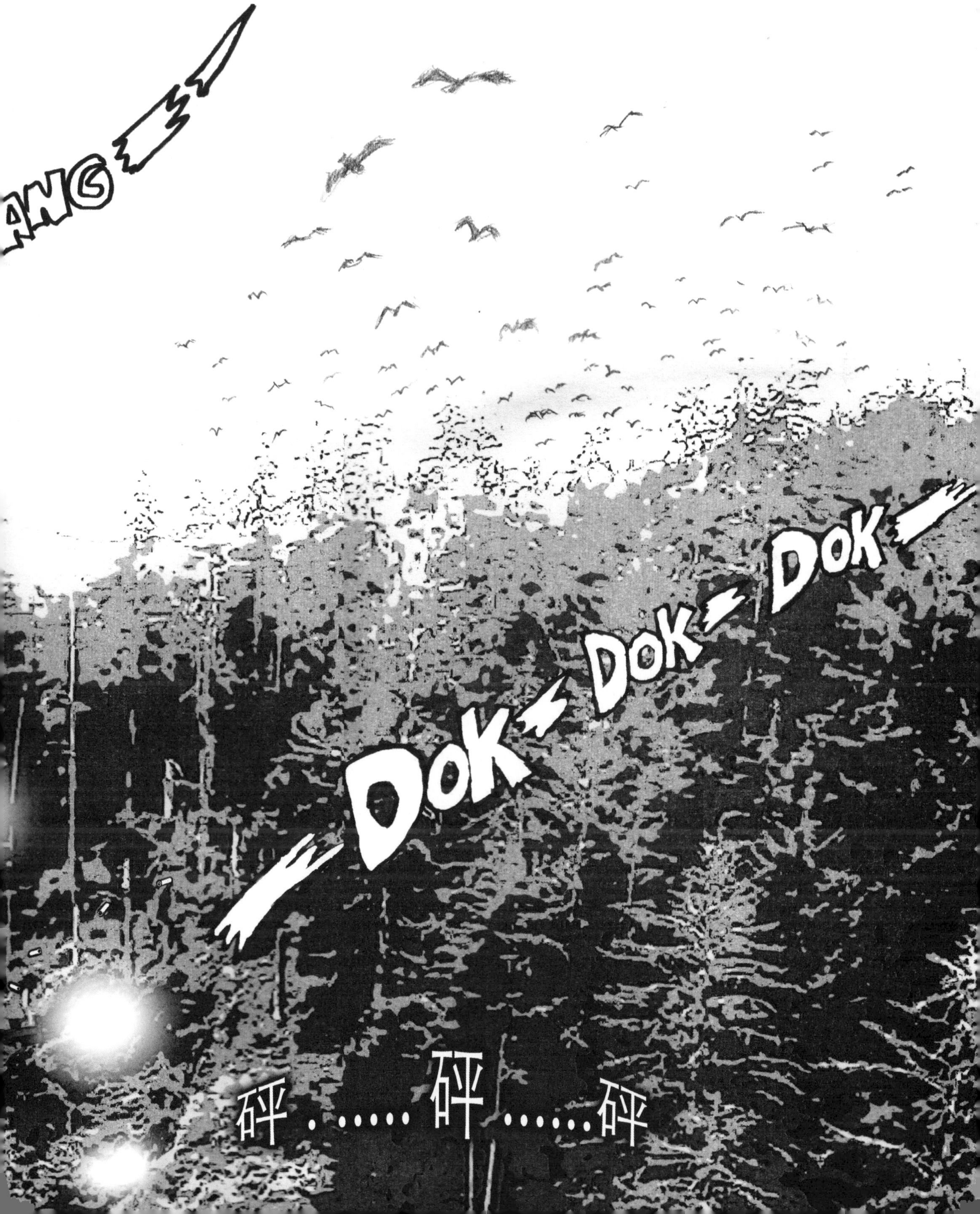
ANG
DOK-DOK-DOK
砰……砰……砰

收到!!

大家慢啲，前面好似有車嚟緊，可能係啲差佬!!

弊!! 冇諗過有第二邊啲天文台正上去增援途中!!!

幾條友好濕碎啫，我哋衝過去，我上先!

喂，原來係嗰班馬騮團，呢班友肯定係奸細....

唔好俾佢哋走，郁佢!!!

POOM

過千歲嘅孫悟空估唔到第一次喺凡間....中槍!!!

師兄、師兄死嘞師兄中咗槍 !!!
我齊天大聖天下聞名，你條友夠膽向我開槍 !!
BANG
嘩、師兄犀利喎！我哋快啲衝過去 !!!
喂，大佬唔好唔記得我坐喺你側邊架，唔好駛咁近啦 !!!
喺條街度仆親你知道叫做乜嘢架啦 .... 仆街
POOM

* 散彈槍子彈 Birdshot shell 大約有 77 顆 0.190" 鐵粒

老細、老細
我哋個田啲草着晒
火呀 !!

吓 !!
連間屋都燒
埋 !!!

供應全美國60%
嘅草唔使兩分鐘
已經燒到砰砰聲
Doobie Brothers
嘅生意 ......

Chapter 4

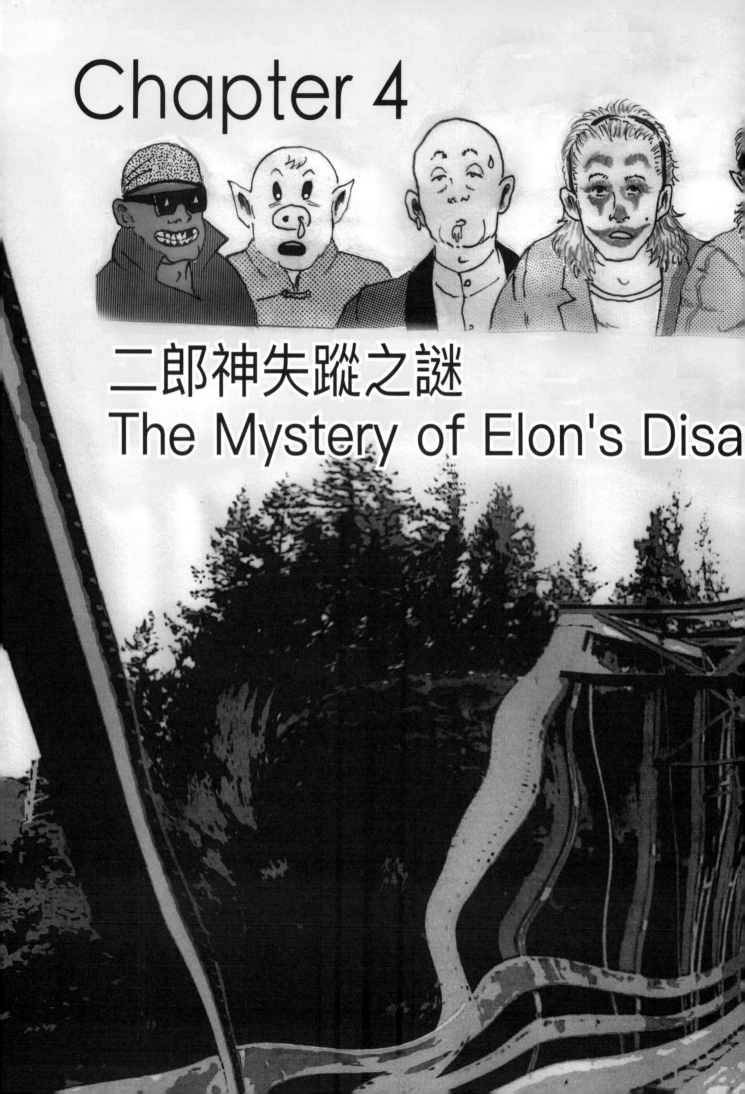

二郎神失蹤之謎
The Mystery of Elon's Disa

大家都矇查查返到嚟，已經係夜晚，食晒架車啲公仔麵之後瞓覺。

第二朝雀仔都未起身，黑鬼財已經出動

原來黃眉老祖一早已經有咗計劃，即刻進行同黑鬼財分道進行！！

喂、早晨啊，係咪車房陳仔？有……

…… 你老細大陳返嚟同佢講聲，同你哋租嗰架老爺車成日死火，睇嚟都夠期架啦，平平地賣咗俾我啦！！

原來為咗唔想俾人發覺追查，黑鬼財攞咗架車去自己友嘅劏車場……

黃眉老祖選擇呢個匯合點都經過深思熟慮嘅，當然除咗人口少有乜八公八婆，Trinity Village 位於海拔1289呎又接近個天多啲，不過有一樣嘢唔記得呢度而家係落緊雪嘅！！

呢個時候大家可能凍得濟.....開始瞓醒，似乎又勢必要爭廁所 !!!

喂、喂 .....
亞財家陣去到邊度？喂、喂 .....
做乜唔聽電話 !!

POK-POK POK

買咗外賣不停趕路又着唔夠衫嘅黑鬼財，已經凍到手都硬埋 ...... 點攞到個電話 !!!

西遊
119

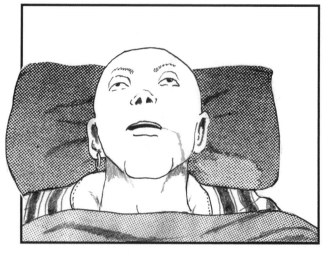

師傅早晨!!

其實都唔早架啦!!

老細.....唔好意思頭先隻手凍過雪條攞唔到個電話.....我就快到啦!!

你無事就好啦,仲有兩個 Exit 我哋就到嘞,大家都肚餓等你。

老祖計劃重點呢度因為離開海拔高,將來要接返二郎神上天宮近好多,就係唔記得呢度海拔高,好凍。

咦、大家點呀,我哋係咪已經返番上去啦?!同埋點解咁肚餓嘅!!

師兄、師兄師傅仲蒙過我哋咁嘅!!

* 休息處 Francis B. Mathews Rest Area

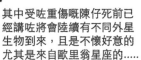

其中受咗重傷嘅陳仔死前已經講咗將會陸續有不同外星生物到來，且是不懷好意的尤其是來自歐里翁星座的……

呢一下閃光凡人只知道用來結束戰爭，有樣嘢我哋唔知道嘅就係閃光招惹咗我哋太陽系以外嘅邪惡外星人!!

外星人大陳話我哋呢個星球啲人類不停打仗，對比佢哋嘅科技地球人雖然仍是小兒科，不過去到有原子彈嘅時候就吸引咗佢哋嚟……

邊個擁有呢一種武器，佢哋就嚟搵佢講數。

二次世界大戰得到主導性優勢的老番國，驚還驚但係又好需要佢哋啲科技來稱霸地球，終於大家開始協商起上嚟開始做啲見唔到光嘅勾當，就算見到都當你眼花，首先實行霸權主義以世界警察之名逐步去清洗別國的人類。

Let's do it !!

二郎神，咁多年裏面既然你知道咗咁多嘢，點解又冇匯報返上面？

細陳俾人打瓜咗嘅消息我只能向玉皇大帝轉告，不過成日都搵佢唔到!!跟住同天宮嘅訊號越嚟越弱.......

二郎兄、咁你同嗰個大陳之後仲有冇聯絡？佢有冇話你知嗰啲妖魔鬼怪匿埋係邊？

我以前都聽阿叔講過跌落嚟地球嘅飛碟其實都唔少，好似話我哋早期啲雷達對佢哋有影響！！

初時我隻天眼都叫做搭得上嗰隻大陳，不過啲老番將佢飛來飛去，我啲英文又半桶水......

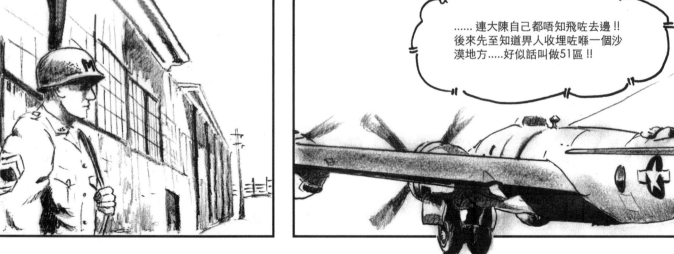

......連大陳自己都唔知飛咗去邊!!後來先至知道俾人收埋咗喺一個沙漠地方.....好似話叫做51區!!

你知啦，我喺呢度又冇身份又冇錢，唯有攀山越嶺行到嚟呢度，呢個牌上邊寫乜又唔知......

......後來土地公同我查字典，原來係唔入得去嘅軍事基地!!
我最後收到大陳嘅訊息佢就喺裏面，唔只係咁、啲妖魔鬼怪都係喺裏面!!

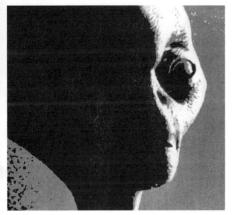

睇嚟我哋唔單止要對付啲妖魔鬼怪，仲要救返大陳，係啦你隻眼做乜嘢事?!

係啦，快啲講俾佢哋知啦!!

唔怪得知佛祖叫我哋嚟呢度，係呢、你隻天眼又乜嘢事?!

嗰幾年留守喺沙漠嗰頭，因為功力大失冇辦法入到去，啲老番成日試呢樣嗰樣，搞到隻眼越嚟越差，唯有離開嗰一區向西面搵地方匿埋等機會......

......雖然都去過好多地方，唔識英文有冇身份喺市區流浪有啲困難......

......終於就喺洪堡縣山上面露宿久不久喺教堂攞啲飯食同埋喺山上面同人剪草搵啲零用錢。

咁多年真係委屈你，咁你幫人剪草會唔會自己都食 ?!

又剪又食啦唔係日子點過，同埋暈吓暈吓隻眼有咁辛苦，我一直扮懵上面嗰班毒梟對我都冇乜嘢嘅。

佛祖有提過凡間第二次世界大戰只是招惹外星妖魔的開始‧‧‧‧‧‧‧‧

早兩年我都隱約收到佛祖心靈感應,叫我等多陣你哋四師徒會嚟搵我,同埋話俾我知你哋有個任務,不過因為感應中斷聽唔到佛祖話你哋嚟做乜 ,我睇可能我咁多年無上香比佢老人家所以收得唔好!!

‧‧‧‧‧‧老番贏咗之後開始心紅,想稱霸呢個凡間,不但周圍搞事打仗,武器科技仲突然先進起嚟!!原來後面撐腰就係啲外星妖魔‧‧‧‧‧‧

B-2 Bomber

‧‧‧‧‧‧踏入50年代仲大量生產核武器例如呢粒MARK-17氫彈,只有一種飛機*可以攜帶佢,1957年5月27號意外地跌咗一粒落新墨西哥州自己地方,好在冇爆!!

仲俾佢哋喺跌咗落嚟陳仔架飛碟嗰度搵到啲隱形戰機技術,周圍飛去炸人哋!遠於光年以外啲陳仔其實已經發過預言警告俾凡間,普通人唔知佢寫乜!!所以冇乜點理‧‧‧‧‧‧

* B-36 Peacemaker

外星妖魔睇中老番在凡間嘅霸道行為正中下懷，同啲財雄勢大嘅影子政府於2001年9月11號更加製造咗一個藉口可以出兵去打人嘅天大陰謀!!凡間嘅巨變從此走向惡夢!!!

.....之後仲有好多下文，不過我想去小嗰便先!!

* 嗰條河叫做 Trinity River

* San Jose county

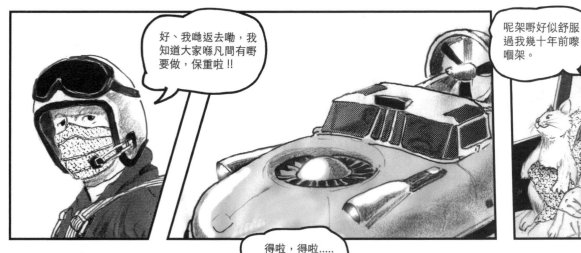

第二朝天矇光，雞都未啼……

師兄、都仲係落緊雪喎着咁少衫你唔凍咩？

我周身毛，凍唔凍？你話呢！！

呢一次大家唔使為咗朝頭早爭廁所，一齊解決咗大小兩便愉快起程！！

好，遲啲食完早餐天氣好啲嘅話，我會坐番出去，型仔好多！！

師傅，出邊都仲係好凍，架車有暖氣坐呢度好啲。

POK=POK

.... 下一個目的地 ....

... 四師徒的出現可能已經曝光
沿途火藥味可能會更重 !!!

下一個目標
Next Target

● ● ● ● ● ● ● ○ ○ ○ # Area 51

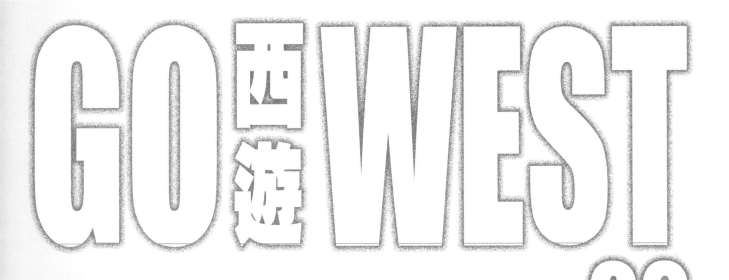

作者：Danny Summer 夏韶聲

封面美術：mak@m2-creations
內文排版：Fai
模型道具：Keith Chen ／ John Lin Hei

出　　版：今日出版有限公司
地　　址：香港 柴灣 康民街 2 號 康民工業中心 1408 室
電　　話：(852) 3105 0332
電　　郵：info@todaypublications.com.hk
網　　址：http://www.todaypublications.com.hk
Facebook 關鍵字：Today Publications 今日出版

發　　行：泛華發行代理有限公司
地　　址：香港 新界 將軍澳工業村 駿昌街 7 號 2 樓
電　　話：(852) 2798 2220
網　　址：www.gccd.com.hk
初版日期：2023 年 6 月

印　　刷：大一數碼印刷有限公司
電　　郵：sales@elite.com.hk

圖書分類：漫畫
出版日期：2023 年 6 月

ＩＳＢＮ：978-988-75867-6-0
定　　價：港幣 220 元 ／ 新台幣 990 元